10658863

COLLECTION FOLIO

Pascal Quignard

Tous les matins du monde

Gallimard

Pascal Quignard est né en 1948 à Verneuil-sur-Avre (France). Il vit à Paris. Il est l'auteur de plusieurs romans (*Le salon du Wurtemberg, Tous les matins du monde, Terrasse à Rome...*) et de nombreux essais où la fiction est mêlée à la réflexion (*Petits traités, Vie secrète, Les ombres errantes, Sur le jadis, Abîmes...*). *Les ombres errantes* a obtenu le prix Goncourt en 2002.

CHAPITRE PREMIER

Au printemps de 1650, Madame de Sainte Colombe mourut. Elle laissait deux filles âgées de deux et six ans. Monsieur de Sainte Colombe ne se consola pas de la mort de son épouse. Il l'aimait. C'est à cette occasion qu'il composa le Tombeau des Regrets.

Il vivait avec ses deux filles dans une maison qui avait un jardin qui donnait sur la Bièvre. Le jardin était étroit et clos jusqu'à la rivière. Il y avait des saules sur la rive et une barque dans laquelle Sainte Colombe allait s'asseoir le soir quand le temps était agréable. Il n'était pas riche sans qu'il pût se plaindre de pauvreté. Il possédait une terre dans le Berry qui lui laissait un petit revenu et du vin qu'il échangeait contre du drap et parfois du gibier. Il était maladroit à la chasse et répugnait à parcourir les forêts qui surplombaient la vallée. L'argent que ses élèves lui remettaient complétait ses ressources. Il enseignait la viole qui connaissait alors un engouement à Londres et à Paris. C'était un maître réputé. Il avait à son service deux valets et une cuisinière qui s'occupait des petites. Un homme qui appartenait à la société qui fréquentait Port-Royal, Monsieur de Bures, apprit aux enfants les lettres, les chiffres, l'histoire sainte et les rudiments du latin qui permettent de la comprendre. Monsieur de Bures logeait dans le cul-de-sac de la rue Saint-Dominique-d'Enfer. C'est Madame de Pont-Carré qui avait recommandé Monsieur de Bures à Sainte Colombe. Celui-ci avait inculqué à ses filles, dès l'âge le plus tendre, les notes et les clés. Elles chantaient bien et avaient de réelles dispositions pour la musique. Tous les trois, quand Toinette eut cinq ans et Madeleine neuf, firent des petits trios à voix qui présentaient un certain nombre de difficultés et il était content de l'élégance avec laquelle ses filles les résolvaient.

Alors, les petites ressemblaient plus à Sainte Colombe qu'elles n'évoquaient les traits de leur mère ; cependant le souvenir de cette dernière était intact en lui. Au bout de trois ans, son apparence était toujours dans ses yeux. Au bout de cinq ans, sa voix chuchotait toujours dans ses oreilles. Il était le plus souvent taciturne, n'allait ni à Paris ni à Jouy. Deux années après la mort de Madame de Sainte Colombe, il vendit son cheval. Il ne pouvait contenir le regret de ne pas avoir été présent quand sa femme avait rendu l'âme. Il était alors au chevet d'un ami de feu Monsieur Vauquelin qui avait souhaité mourir avec un peu de vin de Puisey et de musique. Cet ami s'était éteint après le déjeuner. Monsieur de Sainte Colombe, dans le carrosse de Monsieur de Savreux, s'était retrouvé chez lui passé minuit. Sa femme était déjà revêtue et entourée des cierges et des larmes. Il n'ouvrit pas la bouche mais ne vit plus personne. Le chemin qui menait à Paris n'étant pas empierré, il fallait deux bonnes heures à pied pour joindre la cité. Sainte Colombe s'enferma chez lui et se consacra à la musique. Il travailla des années durant la viole et devint un maître connu. Les deux saisons qui suivirent la disparition de son épouse, il s'exerça jusqu'à quinze heures par jour. Il avait fait bâtir une cabane dans le jardin, dans les branches d'un grand mûrier qui datait de Monsieur de Sully. Quatre marches suffisaient à y grimper. Il pouvait travailler ainsi sans gêner les petites qui étaient à leurs leçons ou à leurs jeux; ou encore après que Guignotte, la cuisinière, les avait couchées. Il estimait que la musique aurait mis de l'encombrement à la conversation des deux petites filles qui papotaient dans le noir avant de s'endormir. Il trouva une façon différente de tenir la viole entre les genoux et sans la faire reposer sur le mollet. Il ajouta une corde basse à l'instrument pour le doter d'une possibilité plus grave et afin de lui procurer un tour plus mélancolique. Il perfectionna la technique de l'archet en allégeant le poids de la main et en ne faisant porter la pression que sur les crins, à l'aide de l'index et du médius, ce qu'il faisait avec une virtuosité étonnante. Un de ses élèves, Côme

Le Blanc le père, disait qu'il arrivait à imiter toutes les inflexions de la voix humaine : du soupir d'une jeune femme au sanglot d'un homme qui est âgé, du cri de guerre de Henri de Navarre à la douceur d'un souffle d'enfant qui s'applique et dessine, du râle désordonné auquel incite quelquefois le plaisir à la gravité presque muette, avec très peu d'accords, et peu fournis, d'un homme qui est concentré dans sa prière.

CHAPITRE II

La route qui menait chez Sainte Colombe était boueuse dès que les froids venaient. Sainte Colombe avait de la détestation pour Paris, pour le claquement des sabots et le cliquetis des éperons sur les pavés, pour les cris que faisaient les essieux des carrosses et le fer des charrettes. Il était maniaque. Il écrasait les cerfs-volants et les hannetons avec le fond des bougeoirs : cela produisait un bruit singulier, les mandibules ou les élytres craquant lentement sous la pression régulière du métal. Les petites aimaient le voir faire et y prendre plaisir. Elles lui apportaient même des coccinelles.

L'homme n'était pas si froid qu'on l'a décrit ; il était gauche dans l'expression de ses émotions ; il ne savait pas faire les gestes caressants dont les enfants sont gloutons ; il n'était pas capable d'un entretien suivi avec personne, sauf Messieurs Baugin et Lancelot. Sainte Colombe avait fait ses études en compagnie de Claude Lancelot et il le retrouvait quelquefois les jours où Madame de Pont-Carré recevait. Au physique, c'était un homme haut, épineux, très maigre, jaune comme un coing, brusque. Il se tenait le dos très droit, de façon étonnante, le regard fixe, les lèvres serrées l'une sur l'autre. Il était plein d'embarras mais il était capable de gaieté.

Il aimait jouer aux cartes avec ses filles, en buvant du vin. Il fumait alors, chaque soir, une longue pipe en terre d'Ardennes. Il n'était guère assidu à suivre la mode. Il portait les cheveux noirs ramassés comme au temps des guerres et, autour du cou, la fraise quand il sortait. Il avait été présenté au feu roi dans sa jeunesse et de ce jour, sans qu'on sût pourquoi, n'avait plus mis les pieds au Louvre ni au château-vieux de Saint-Germain. Il ne quitta plus le noir pour les habits.

Il était aussi violent et courrouçable qu'il pouvait être tendre. Quand il entendait pleurer durant la nuit, il lui arrivait de monter la chandelle à la main à l'étage et, agenouillé entre ses deux filles, de chanter :

Sola vivebat in antris Magdalena
Lugens et suspirans die ac nocte...

ou bien :

Il est mort pauvre et moi je vis comme il est mort
Et l'or
Dort
Dans le palais de marbre où le roi joue encore.

Parfois les petites demandaient, surtout Toinette :

« Qui était maman ? »

Alors il se rembrunissait et on ne pouvait plus tirer de lui un mot. Un jour, il leur dit :

« Il faut que vous soyez bonnes. Il faut que vous soyez travailleuses. Je suis content de vous deux, surtout de Madeleine, qui est plus sage. J'ai le regret de votre mère. Chacun des souvenirs que j'ai gardés de mon épouse est un morceau de joie que je ne retrouverai jamais. »

Il s'excusa une autre fois auprès d'elles de ce qu'il ne s'entendait guère à parler; que leur mère, quant à elle, savait parler et rire; que pour ce qui le concernait il n'avait guère d'attachement pour le langage et qu'il ne prenait pas de plaisir dans la compagnie des gens, ni dans celle des livres et des discours. Même les poésies de Vauquelin des Yveteaux et de ses anciens amis ne lui convenaient jamais entièrement. Il avait été lié à Monsieur de La Petitière, qui avait été garde du corps du Cardinal et s'était fait depuis solitaire et cordonnier de ces messieurs en substitution à Monsieur Marais le père. Même chose pour la peinture, outre Monsieur Baugin. Monsieur de Sainte Colombe ne louait pas la peinture que faisait alors Monsieur de Champaigne. Il la jugeait moins grave que triste, et moins sobre que pauvre. Même chose pour l'architecture, ou la sculpture, ou les arts mécaniques, ou la religion, n'était Madame de Pont-Carré. Il est vrai que

Madame de Pont-Carré jouait très bien du luth et du théorbe et qu'elle n'avait pas sacrifié complètement ce don à Dieu. Elle lui envoyait son carrosse de temps à autre, n'en pouvant plus de tant de privation de musique, le faisait venir dans son hôtel et l'accompagnait au théorbe jusqu'à avoir la vue brouillée. Elle possédait une viole noire qui datait du roi François Ier et que Sainte Colombe maniait comme s'il s'était agi d'une idole d'Egypte.

Il était sujet à des colères sans raison qui jetaient l'épouvante dans l'âme des enfants parce que, au cours de ces accès, il brisait les meubles en criant : « Ah ! Ah ! » comme s'il étouffait. Il était très exigeant avec elles, ayant peur qu'elles ne fussent pas bien instruites par un homme seul. Il était sévère et ne manquait pas à les punir. Il ne savait pas les réprimander ni porter la main sur elles ni brandir le fouet ; aussi les enfermait-il dans le cellier ou dans la cave, où il les oubliait. Guignotte, la cuisinière, venait les délivrer.

Madeleine ne se plaignait jamais. À chaque colère de son père, elle était comme un vaisseau qui chavire et qui coule inopinément : elle ne mangeait plus et se retirait dans son silence. Toinette se rebellait, réclamait contre son père, criait après lui. Elle ressemblait par le caractère, au fur et à mesure qu'elle grandissait, à Madame de Sainte Colombe. Sa sœur, le nez baissé dans la peur, ne soufflait mot et refusait jusqu'à une cuillerée de soupe. Au reste, elles le voyaient peu. Elles vivaient dans la compagnie de Guignotte, de Monsieur Pardoux et de Monsieur de Bures. Ou elles allaient à la chapelle nettoyer les statues, ôter les toiles d'araignée et disposer les fleurs. Guignotte, qui était originaire du Languedoc et qui avait pour coutume de laisser ses cheveux toujours dénoués dans le dos, leur avait confectionné des gaules en rompant des branches dans les arbres. Toutes trois, avec un fil, un hameçon et une papillote nouée pour voir la touche, dès que les beaux jours étaient là, troussaient leur jupe et glissaient les pieds nus dans la vase. Elles sortaient de la Bièvre la friture du soir, qu'elles mêlaient ensuite dans la poêle avec un peu de farine de blé et de vinaigre tiré

19

du vin de la vigne de Monsieur de Sainte Colombe, qui était bien médiocre. Pendant ce temps-là, le musicien restait des heures sur son tabouret, sur un vieux morceau de velours de Gênes vert que ses fesses avaient râpé, enfermé dans sa cabane. Monsieur de Sainte Colombe l'appelait sa « vorde ». Vordes est un vieux mot qui désigne ıe bord humide d'un cours d'eau sous les saules. Au haut de son mûrier, au-devant des saules, la tête droite, les lèvres serrées, le torse penché sur l'instrument, la main errant au-dessus des frettes, tandis qu'il perfectionnait sa pratique par ses exercices, il arrivait que des airs ou que des plaintes vinssent sous ses doigts. Quand ils revenaient ou quand sa tête en était obsédée et qu'ils le tarabustaient dans son lit solitaire, il ouvrait son cahier de musique rouge et les notait dans la hâte pour ne plus s'en préoccuper.

CHAPITRE III

Quand sa fille aînée eut atteint la taille nécessaire à l'apprentissage de la viole, il lui enseigna les dispositions, les accords, les arpèges, les ornements. L'enfant la plus petite fit de vives colères et presque des tempêtes que lui fût refusé l'honneur que son père consentait à sa sœur. Ni les privations de nourritures ni la cave ne purent réduire Toinette et calmer l'ébullition où elle se trouvait.

Un matin, avant que l'aube parût, Monsieur de Sainte Colombe se leva, suivit la Bièvre jusqu'au fleuve, suivit la Seine jusqu'au pont de la Dauphine, et s'entretint tout le jour avec Monsieur Pardoux, qui était son luthier. Il dessina avec lui. Il calcula avec lui, et il revint le jour tombant. Pour les pâques, alors que la cloche de la chapelle sonnait, Toinette trouva dans le jardin une étrange cloche enveloppée comme un fantôme dans une toile de serge grise. Elle souleva le tissu et découvrit une viole réduite à un demi-pied pour un pied. C'était, avec une exactitude digne d'admiration, une viole comme celle de son père ou celle de sa sœur, mais plus petite, comme les ânons sont aux chevaux. Toinette ne se tint pas de joie.

Elle était pâle, pareille à du lait, et elle pleura dans les genoux de son père tant elle était heureuse. Le caractère de Monsieur de Sainte Colombe et son peu de disposition au langage le rendaient d'une extrême pudeur et son visage demeurait inexpressif et sévère quoi qu'il sentît. Il n'y avait que dans ses compositions qu'on découvrait la complexité et la délicatesse du monde qui était caché sous ce visage et derrière les gestes rares et rigides. Il buvait du vin en caressant les cheveux de sa fille qui avait la tête enfouie dans son pourpoint et dont le dos était secoué.

Très vite les concerts à trois violes des Sainte Colombe furent renommés. Les jeunes seigneurs ou les fils de la bourgeoisie auxquels Monsieur de Sainte Colombe enseignait la manière de jouer de la viole prétendirent y assister. Les musiciens qui appartenaient à la corporation ou qui avaient de l'estime pour Monsieur de Sainte Colombe s'y rendirent aussi. Celui-ci alla jusqu'à organiser une fois tous les quinze jours un concert qui commençait à vêpres et qui durait quatre heures. Sainte Colombe s'efforçait, à chaque assemblée, de donner à entendre des œuvres nouvelles. Toutefois le père et ses filles s'adonnaient particulièrement à des improvisations à trois violes très savantes, sur quelque thème que ce fût qu'un de ceux qui assistaient à l'assemblée leur proposait.

CHAPITRE IV

Monsieur Caignet et Monsieur Chambon-
nières étaient de ces assemblées de musique
et les louaient fort. Les seigneurs en avaient
fait leur caprice et on vit jusqu'à quinze
carrosses arrêtés sur la route boueuse, outre
les chevaux, et obstruer le passage pour les
voyageurs et les marchands qui se rendaient à
Jouy ou à Trappes. A force qu'on lui en eut
rebattu les oreilles, le roi voulut entendre ce
musicien et ses filles. Il dépêcha Monsieur
Caignet — qui était le joueur de viole attitré
de Louis XIV et qui appartenait à sa chambre. Ce fut Toinette qui se précipita pour
ouvrir la porte cochère de la cour et qui mena
Monsieur Caignet au jardin. Monsieur de
Sainte Colombe, blême et furieux qu'on l'eût

dérangé dans sa retraite, descendit les quatre marches de sa cabane et salua.

Monsieur Caignet remit son chapeau et déclara :

« Monsieur, vous vivez dans la ruine et le silence. On vous envie cette sauvagerie. On vous envie ces forêts vertes qui vous surplombent. »

Monsieur de Sainte Colombe ne desserra pas les lèvres. Il le regardait fixement.

« Monsieur, reprit Monsieur Caignet, parce que vous êtes un maître dans l'art de la viole, j'ai reçu l'ordre de vous inviter à vous produire à la cour. Sa majesté a marqué le désir de vous entendre et, dans le cas où elle serait satisfaite, elle vous accueillerait parmi les musiciens de la chambre. Dans cette circonstance j'aurais l'honneur de me trouver à vos côtés. »

Monsieur de Sainte Colombe répondit qu'il était un homme âgé et veuf ; qu'il avait la charge de deux filles, ce qui l'obligeait à demeurer dans une façon de vivre plus privée qu'un autre homme ; qu'il ressentait du dégoût pour le monde.

« Monsieur, dit-il, j'ai confié ma vie à des planches de bois grises qui sont dans un mûrier ; aux sons des sept cordes d'une viole ; à mes deux filles. Mes amis sont les souvenirs. Ma cour, ce sont les saules qui sont là, l'eau qui court, les chevesnes, les goujons et les fleurs du sureau. Vous direz à sa majesté que son palais n'a rien à faire d'un sauvage qui fut présenté au feu roi son père il y a trente-cinq ans de cela.

— Monsieur, répondit Monsieur Caignet, vous n'entendez pas ma requête. J'appartiens à la chambre du roi. Le souhait que marque sa majesté est un ordre. »

Le visage de Monsieur de Sainte Colombe s'empourpra. Ses yeux luisirent de colère. Il s'avança à le toucher.

« Je suis si sauvage, Monsieur, que je pense que je n'appartiens qu'à moi-même. Vous direz à sa majesté qu'elle s'est montrée trop généreuse quand elle a posé son regard sur moi. »

Monsieur de Sainte Colombe poussait Monsieur Caignet vers la maison tout en parlant. Ils se saluèrent. Monsieur de Sainte

Colombe regagna la vorde tandis que Toinette allait au poulailler, qui se trouvait à l'angle du mur clos et de la Bièvre.

Pendant ce temps-là, Monsieur Caignet revint avec son chapeau et son épée, s'approcha de la cabane, écarta avec sa botte un dindon et des petits poussins jaunes qui picoraient, se glissa sous le plancher de la cabane, s'assit dans l'herbe, dans l'ombre et les racines et écouta. Puis il repartit sans qu'on le vît et regagna le Louvre. Il parla au roi, rapporta les raisons que le musicien avait avancées et lui fit part de l'impression merveilleuse et difficile que lui avait faite la musique qu'il avait entendue à la dérobée.

CHAPITRE V

Le roi était mécontent de ne pas posséder Monsieur de Sainte Colombe. Les courtisans continuaient de vanter ses improvisations virtuoses. Le déplaisir de ne pas être obéi ajoutait à l'impatience où se trouvait le roi de voir le musicien jouer devant lui. Il renvoya Monsieur Caignet accompagné de l'abbé Mathieu.

Le carrosse qui les menait était accompagné par deux officiers à cheval. L'abbé Mathieu portait un habit noir en satin, un petit collet à ruché de dentelles, une grande croix de diamants sur la poitrine.

Madeleine les fit entrer dans la salle. L'abbé Mathieu, devant la cheminée, posa ses mains garnies de bagues sur sa canne en bois rouge à pommeau d'argent. Monsieur de Sainte Colombe, devant la porte-fenêtre qui donnait sur le jardin, posa ses mains nues sur le dossier d'une chaise étroite et haute. L'abbé Mathieu commença par prononcer ces mots :

« Les musiciens et les poètes de l'Antiquité aimaient la gloire et ils pleuraient quand les empereurs ou les princes les tenaient éloignés de leur présence. Vous enfouissez votre nom parmi les dindons, les poules et les petits poissons. Vous cachez un talent qui vous vient de Notre-Seigneur dans la poussière et dans la détresse orgueilleuse. Votre réputation est connue du roi et de sa cour, il est donc temps pour vous de brûler vos vêtements de drap, d'accepter ses bienfaits, de vous faire faire une perruque à grappes. Votre fraise est passée de mode et...

— ... c'est moi qui suis passé de mode, Messieurs, s'écria Sainte Colombe, soudain vexé qu'on s'en prît à sa façon de s'habiller. Vous remercierez sa majesté, cria-t-il. Je préfère la lumière du couchant sur mes mains à l'or qu'elle me propose. Je préfère mes vêtements de drap à vos perruques in-folio. Je préfère mes poules aux violons du roi et mes porcs à vous-mêmes.

— Monsieur ! »

Mais Monsieur de Sainte Colombe avait brandi la chaise et la soulevait au-dessus de leurs têtes. Il cria encore :

« Quittez-moi et ne m'en parlez plus ! Ou je casse cette chaise sur votre tête. »

Toinette et Madeleine étaient effrayées par l'aspect de leur père tenant à bout de bras la chaise au-dessus de sa tête et craignaient qu'il ne se possédât plus. L'abbé Mathieu ne parut pas effrayé et tapota avec sa canne le carreau en disant :

« Vous mourrez desséché comme une petite souris au fond de votre cabinet de planches, sans être connu de personne. »

Monsieur de Sainte Colombe fit tourner la chaise et la brisa sur le manteau de la cheminée, en hurlant de nouveau :

« Votre palais est plus petit qu'une cabane et votre public est moins qu'une personne. »

L'abbé Mathieu s'avança en caressant des doigts sa croix de diamants et dit :

« Vous allez pourrir dans votre boue, dans l'horreur des banlieues, noyé dans votre ruisseau. »

Monsieur de Sainte Colombe était blanc comme du papier, tremblait et voulut saisir une seconde chaise. Monsieur Caignet s'était approché ainsi que Toinette. Monsieur de Sainte Colombe poussait des « Ah ! » sourds pour reprendre souffle, les mains sur le dossier de la chaise. Toinette dénoua ses doigts et ils l'assirent. Tandis que Monsieur Caignet enfilait ses gants et remettait son chapeau et que l'abbé le traitait d'opiniâtre, il dit tout bas, avec un calme effrayant :

« Vous êtes des noyés. Aussi tendez-vous la main. Non contents d'avoir perdu pied, vous voudriez encore attirer les autres pour les engloutir. »

Le débit de sa voix était lent et saccadé. Le roi aima cette réponse quand l'abbé et le violiste de sa chambre la lui rapportèrent. Il dit qu'on laissât en paix le musicien tout en enjoignant à ses courtisans de ne plus se

31

rendre à ses assemblées de musique parce qu'il était une espèce de récalcitrant et qu'il avait eu partie liée avec ces Messieurs de Port-Royal, avant qu'il les eût dispersés.

CHAPITRE VI

Pendant plusieurs années ils vécurent dans la paix et pour la musique. Toinette quitta sa petite viole et vint le jour où, une fois par mois, elle mit du linge entre ses jambes. Ils ne donnaient plus qu'un concert toutes les saisons où Monsieur de Sainte Colombe conviait les musiciens ses confrères, quand il les estimait, et auquel il n'invitait pas les seigneurs de Versailles ni même les bourgeois, qui gagnaient en ascendant sur l'esprit du roi. Il notait de moins en moins de compositions nouvelles sur son cahier couvert de cuir rouge et il ne voulut pas les faire imprimer et les soumettre au jugement du public. Il disait qu'il s'agissait là d'improvisations notées dans l'instant et auxquelles l'instant seul servait d'excuse, et non pas des œuvres achevées. Madeleine devenait belle, d'une beauté mince, et pleine d'une curiosité dont elle ne percevait pas le motif et qui lui procurait des sentiments d'angoisse. Toinette progressait en joie, en invention et en virtuosité.

Les jours où l'humeur et le temps qu'il faisait lui en laissaient le loisir, il allait à sa barque et, accroché à la rive, dans son ruisseau, il rêvait. Sa barque était vieille et prenait l'eau : elle avait été faite quand le surintendant réorganisait les canaux et était peinte en blanc, encore que les années eussent écaillé la peinture qui la recouvrait. La barque avait l'apparence d'une grande viole que Monsieur Pardoux aurait ouverte. Il aimait le balancement que donnait l'eau, le feuillage des branches des saules qui tombait sur son visage et le silence et l'attention des pêcheurs plus loin. Il songeait à sa femme, à l'entrain qu'elle mettait en toutes choses, aux conseils avisés qu'elle lui donnait quand il les lui demandait, à ses hanches et à son grand ventre qui lui avaient donné deux filles qui étaient devenues des femmes. Il écoutait les chevesnes et les goujons s'ébattre et rompre le silence d'un coup de queue ou bien au moyen de leurs petites bouches blanches qui s'ouvraient à la surface de l'eau pour manger l'air. L'été, quand il faisait très chaud, il faisait glisser ses chausses et ôtait sa chemise et pénétrait doucement dans l'eau fraîche jusqu'au col puis, en se bouchant avec les doigts les oreilles, y ensevelissait son visage.

Un jour qu'il concentrait son regard sur les vagues de l'onde, s'assoupissant, il rêva qu'il pénétrait dans l'eau obscure et qu'il y séjournait. Il avait renoncé à toutes les choses qu'il aimait sur cette terre, les instruments, les fleurs, les pâtisseries, les partitions roulées, les cerfs-volants, les visages, les plats d'étain, les vins. Sorti de son songe, il se souvint du Tombeau des Regrets qu'il avait composé quand son épouse l'avait quitté une nuit pour rejoindre la mort, il eut très soif aussi. Il se leva, monta sur la rive en s'accrochant aux branches, partit chercher sous les voûtes de la cave une carafe de vin cuit entourée de paille tressée. Il versa sur la terre battue la couche d'huile qui préservait le vin du contact de l'air. Dans la nuit de la cave, il prit un verre et il le goûta. Il gagna la cabane du jardin où il s'exerçait à la viole, moins, pour dire toute la vérité, dans l'inquiétude de donner de la gêne à ses filles que dans le souci où il était de n'être à portée d'aucune oreille et de pouvoir essayer les positions de la main et tous les mouvements possibles de son archet sans que personne au monde pût porter quelque jugement que ce fût sur ce qu'il lui prenait envie de faire. Il posa sur le tapis bleu clair qui recouvrait la table où il dépliait son pupitre la carafe de vin garnie de paille, le verre à vin à pied qu'il remplit, un plat d'étain contenant quelques gaufrettes enroulées et il joua le Tombeau des Regrets.

Il n'eut pas besoin de se reporter à son livre. Sa main se dirigeait d'elle-même sur la touche de son instrument et il se prit à pleurer. Tandis que le chant montait, près de la porte une femme très pâle apparut qui lui souriait tout en posant le doigt sur son sourire en signe qu'elle ne parlerait pas et qu'il ne se dérangeât pas de ce qu'il était en train de faire. Elle contourna en silence le pupitre de Monsieur de Sainte Colombe. Elle s'assit sur le coffre à musique qui était dans le coin auprès de la table et du flacon de vin et elle l'écouta.

C'était sa femme et ses larmes coulaient. Quand il leva les paupières, après qu'il eut terminé d'interpréter son morceau, elle n'était plus là. Il posa sa viole et, comme il tendait la main vers le plat d'étain, aux côtés de la fiasque, il vit le verre à moitié vide et il s'étonna qu'à côté de lui, sur le tapis bleu, une gaufrette fût à demi rongée.

CHAPITRE VII

Cette visite ne fut pas seule. Monsieur de
Sainte Colombe, après avoir craint qu'il pût
être fou, considéra que si c'était folie, elle lui
donnait du bonheur, si c'était vérité, c'était
un miracle. L'amour que lui portait sa femme
était plus grand encore que le sien puisqu'elle
venait jusqu'à lui et qu'il était impuissant à
lui rendre la pareille. Il prit un crayon et il
demanda à un ami appartenant à la corporation des peintres, Monsieur Baugin, qu'il fît
un sujet qui représentât la table à écrire près
de laquelle sa femme était apparue. Mais il ne
parla de cette visitation à personne. Même
Madeleine, même Toinette ne surent rien. Il
se confiait simplement à sa viole et parfois
recopiait sur son cahier en maroquin, sur

lequel Toinette avait tiré à la règle des portées, les thèmes que ses entretiens ou que ses rêveries lui avaient inspirés. Dans sa chambre, dont il fermait la porte à clef parce que le désir et le souvenir de sa femme le poussaient parfois à descendre ses braies et à se donner du plaisir avec la main, il posait côte à côte, sur la table près de la fenêtre, sur le mur qui faisait face au grand lit à baldaquin qu'il avait partagé douze années durant avec sa femme, le livre de musique en maroquin rouge et la petite toile qu'il avait commandée à son ami, entourée d'un cadre noir. Il éprouvait en la voyant du bonheur. Il était moins souvent courroucé et ses deux filles le remarquèrent mais n'osèrent pas le lui dire. Au fond de lui, il avait le sentiment que quelque chose s'était achevé. Il avait l'air plus quiet.

CHAPITRE VIII

Un jour, un grand enfant de dix-sept ans, rouge comme la crête d'un vieux coq, vint frapper à leur porte et demanda à Madeleine s'il pouvait solliciter de Monsieur de Sainte Colombe qu'il devînt son maître pour la viole et la composition. Madeleine le trouva très beau et le fit entrer dans la salle. Le jeune homme, la perruque à la main, posa une lettre pliée en deux et cachetée à la cire verte sur la table. Toinette revint avec Sainte Colombe qui s'assit à l'autre extrémité de la table en silence, ne décacheta pas la lettre et fit signe qu'il écoutait. Madeleine, tandis que le garçon parlait, disposait sur la grande table, qui était couverte d'une pièce d'étoffe bleue, une fiasque de vin enveloppée de paille et une assiette en faïence qui contenait des gâteaux.

Il s'appelait Monsieur Marin Marais. Il était joufflu. Il était né le 31 mai 1656 et, à l'âge de six ans, avait été recruté à cause de sa voix pour appartenir à la maîtrise du roi dans la chantrerie de l'église qui est à la porte du château du Louvre. Pendant neuf ans, il avait porté le surplis, la robe rouge, le bonnet carré noir, couché dans le dortoir du cloître et appris ses lettres, appris à noter, à lire et à jouer de la viole autant qu'il restait de temps disponible, les enfants ne cessant de courir à l'office des matines, aux services chez le roi, aux grand-messes, aux vêpres.

Puis, quand sa voix s'était brisée, il avait été rejeté à la rue ainsi que le contrat de chantrerie le stipulait. Il avait honte encore. Il ne savait où se mettre ; les poils lui étaient poussés aux jambes et aux joues ; il barrissait. Il évoqua ce jour d'humiliation dont la date était demeurée inscrite dans son esprit : 22 septembre 1672. Pour la dernière fois, sous le porche de l'église, il s'était arc-bouté, il avait pesé avec son épaule sur la grande porte

41

de bois doré. Il avait traversé le jardin qui bornait le cloître de Saint-Germain-l'Auxerrois. Il y avait vu des quetsches dans l'herbe.

Il se mit à courir dans la rue, passa le For-L'Evêque, descendit la pente brusque qui menait à la grève et s'immobilisa. La Seine était couverte par une lumière immense et épaisse de fin d'été, mêlée à une brume rouge. Il sanglotait et il suivit la rive pour retourner chez son père. Il donnait des coups de pied ou tamponnait les cochons, les oies, les enfants qui jouaient dans l'herbe et la boue craquelée de la grève. Les hommes nus et les femmes en chemise se lavaient dans la rivière, l'eau au mollet.

Cette eau qui coulait entre ces rives était une blessure qui saignait. La blessure qu'il avait reçue à la gorge lui paraissait aussi irrémédiable que la beauté du fleuve. Ce pont, ces tours, la vieille cité, son enfance et le Louvre, les plaisirs de la voix à la chapelle, les jeux dans le petit jardin du cloître, son surplis blanc, son passé, les quetsches violettes reculaient à jamais emportés par l'eau rouge. Son compagnon de dortoir, Delalande, avait encore sa voix et il était resté. Il avait le cœur plein de nostalgie. Il se sentait seul, comme une bête bêlante, le sexe épais et poilu pendant entre les cuisses.

Perruque à la main, il ressentit tout à coup de la honte de ce qu'il venait de dire. Monsieur de Sainte Colombe demeurait le dos tout droit, les traits impénétrables. Madeleine tendit vers l'adolescent une des pâtisseries avec un sourire qui l'encourageait à parler. Toinette s'était assise sur le coffre, derrière son père, les genoux au menton. L'enfant poursuivit.

Quand il était arrivé à la cordonnerie, après qu'il eut salué son père, il n'avait pu retenir plus longtemps ses sanglots et était monté avec précipitation s'enfermer dans la pièce où on disposait le soir les paillasses, au-dessus de l'atelier où son père travaillait. Son père, l'enclume ou bien la forme en fer sur la cuisse, ne cessait de taper ou de râper le cuir d'un soulier ou d'une botte. Ces coups de marteau lui faisaient sauter le cœur et l'emplissaient de répugnance. Il haïssait l'odeur d'urine où les peaux macéraient et l'odeur fade du seau d'eau sous l'établi où son père laissait à tremper les contreforts. La cage aux serins et leurs piaillements, le tabouret à lanières qui grinçait, les cris de son père — tout lui était insupportable. Il détestait les chants oiseux ou grivois que son père fredonnait, détestait sa faconde, sa bonté même, même ses rires et ses plaisanteries quand un client pénétrait dans l'échoppe. La seule chose qui avait trouvé grâce aux yeux de l'adolescent le jour de son retour était la faible lumière qui tombait comme un fût de la boule à bougies accrochée très bas, juste au-dessus de l'établi et juste au-dessus des mains calleuses qui saisissaient le marteau ou qui tenaient l'alène. Elle colorait d'un teint plus faible et jaune les cuirs marron, rouges, gris, verts, qui étaient posés sur les étagères ou qui pendaient, retenus par des petites cordes de couleur. C'est alors qu'il s'était dit qu'il allait quitter à jamais sa famille, qu'il deviendrait musicien, qu'il se vengerait de la voix qui l'avait abandonné, qu'il deviendrait un violiste renommé.

Monsieur de Sainte Colombe haussa les épaules.

Monsieur Marais, la perruque à la main, comme il la tripotait, expliqua qu'au sortir de Saint-Germain-l'Auxerrois il était allé chez Monsieur Caignet qui l'avait gardé durant presque un an puis qui l'avait adressé à Monsieur Maugars : c'était le fils du violiste qui avait appartenu à Monsieur de Richelieu. Quand il le reçut, Monsieur Maugars lui demanda s'il avait entendu parler de la renommée de Monsieur de Sainte Colombe et de sa septième corde : il avait conçu un instrument en bois qui couvrait toutes les possibilités de la voix humaine : celle de l'enfant, celle de la femme, celle de l'homme brisée, et aggravée. Durant six mois Monsieur Maugars l'avait fait travailler puis lui avait enjoint d'aller trouver Monsieur de Sainte Colombe, qui habitait au-delà du fleuve, en lui présentant cette lettre et en se recommandant de lui. Le jeune garçon poussa alors la lettre en direction de Monsieur de Sainte Colombe. Ce dernier rompit le cachet, la déplia mais, sans l'avoir lue, désira parler, se leva. C'est ainsi qu'un adolescent qui n'osait plus ouvrir la bouche rencontra un homme taciturne. Monsieur de Sainte Colombe ne parvint pas à s'exprimer, reposa la lettre sur la table et s'approcha de Madeleine et lui murmura que c'était jouer qu'il fallait. Elle quitta la salle. Vêtu de drap noir, la fraise blanche à son cou, Monsieur de Sainte Colombe se dirigea vers la cheminée, près de laquelle il s'assit dans un grand fauteuil à bras.

Pour la première leçon, Madeleine prêta sa viole. Marin Marais était encore plus confus et rouge que lorsqu'il était entré dans la maison. Les filles s'assirent plus près, curieuses de voir comment l'ancien enfant de chœur de Saint-Germain-l'Auxerrois jouait. Il s'accoutuma rapidement à la taille de l'instrument, l'accorda, joua une suite de Monsieur Maugars avec beaucoup d'aisance et de virtuosité.

Il regarda ses auditeurs. Les filles baissaient le nez. Monsieur de Sainte Colombe dit :

« Je ne pense pas que je vais vous admettre parmi mes élèves. »

Un long silence suivit qui fit trembler le visage de l'adolescent. Il cria soudain avec sa voix rauque :

« Au moins dites-moi pourquoi !

— Vous faites de la musique, Monsieur. Vous n'êtes pas musicien. »

Le visage de l'adolescent se figea, les larmes montèrent à ses yeux. Il bégaya de détresse :

« Au moins laissez-moi... »

Sainte Colombe se leva, retourna le grand fauteuil en bois face à l'âtre. Toinette dit :

« Attendez, mon père. Monsieur Marais a peut-être en mémoire un air de sa composition. »

Monsieur Marais inclina la tête. Il s'empressa. Il se pencha aussitôt sur la viole pour l'accorder plus soigneusement qu'il n'avait fait et joua le Badinage en si.

« C'est bien, père. C'est très bien ! » dit Toinette quand il eut fini de jouer et elle applaudit.

« Qu'en dites-vous ? » demanda Madeleine

en se tournant vers son père avec appréhension.

Sainte Colombe était resté debout. Il les quitta brusquement et alla pour sortir. Au moment de franchir la porte de la salle, il tourna son visage, dévisagea l'enfant qui était demeuré assis, la face rouge, épouvantée, et dit :

« Revenez dans un mois. Je vous dirai alors si vous avez assez de valeur pour que je vous compte au nombre de mes élèves. »

CHAPITRE IX

Le petit air de badinage que lui avait joué l'enfant lui revenait parfois à l'esprit et il en était ému. C'était un air mondain et facile mais qui avait de la tendresse. Il oublia enfin l'air. Il travailla davantage dans la cabane.

La quatrième fois où il sentit le corps de son épouse à ses côtés, détournant les yeux de son visage, il lui demanda :

« Parlez-vous, Madame, malgré la mort ?

— Oui. »

Il frémit parce qu'il avait reconnu sa voix. Une voix basse, du moins contralto. Il avait le désir de pleurer mais n'y parvint pas tant il était surpris, dans le même temps, que ce songe parlât. Le dos tremblant, au bout d'un moment, il trouva le courage pour demander encore :

« Pourquoi venez-vous de temps à autre ? Pourquoi ne venez-vous pas toujours ?

— Je ne sais pas, dit l'ombre en rougissant. Je suis venue parce que ce que vous jouiez m'a émue. Je suis venue parce que vous avez eu la bonté de m'offrir à boire et quelques gâteaux à grignoter.

— Madame ! » s'écria-t-il.

Il se leva aussitôt, plein de violence, au point qu'il fit tomber son tabouret. Il éloigna la viole de son corps parce qu'elle le gênait et la posa contre la paroi de planches, sur sa gauche. Il ouvrit les bras comme s'il entendait déjà l'étreindre. Elle cria :

« Non ! »

Elle se reculait. Il baissa la tête. Elle lui dit :

« Mes membres, mes seins sont devenus froids. »

Elle avait du mal à retrouver son souffle. Elle donnait l'impression de quelqu'un qui a fait un effort trop grand. Elle touchait ses cuisses et ses seins tandis qu'elle disait ces mots. Il baissa la tête de nouveau et elle revint s'asseoir alors sur le tabouret. Quand elle eut recouvré un souffle plus égal, elle lui dit doucement :

« Donnez-moi plutôt un verre de votre vin de couleur rouge pour que j'y trempe mes lèvres. »

Il sortit en hâte, alla au cellier, descendit à la cave. Quand il revint, Madame de Sainte Colombe n'était plus là.

CHAPITRE X

Quand il arriva pour son deuxième cours, ce fut Madeleine, très mince, les joues roses, qui ouvrit la grande porte cochère.

« Parce que je vais me baigner, dit-elle, je vais relever mes cheveux. »

Sa nuque était rose, avec des petits poils noirs ébouriffés dans la clarté. Comme elle levait ses bras, ses seins se serraient et gonflaient. Ils se dirigèrent vers la cabane de Monsieur de Sainte Colombe. C'était une belle journée de printemps. Il y avait des primevères et il y avait des papillons. Marin Marais portait sa viole à l'épaule. Monsieur de Sainte Colombe le fit entrer dans la cabane sur le mûrier et il l'accepta pour élève en disant :

« Vous connaissez la position du corps. Votre jeu ne manque pas de sentiment. Votre archet est léger et bondit. Votre main gauche saute comme un écureuil et se faufile comme une souris sur les cordes. Vos ornements sont ingénieux et parfois charmants. Mais je n'ai pas entendu de musique. »

Le jeune Marin Marais éprouvait des sentiments mêlés en entendant les conclusions de son maître : il était heureux d'être accepté et il bouillait de colère devant les réserves que Monsieur de Sainte Colombe mettait en avant les unes après les autres sans marquer plus d'émotion que s'il s'était agi d'indiquer au jardinier les boutures et les semences. Ce dernier continuait :

« Vous pourrez aider à danser les gens qui dansent. Vous pourrez accompagner les acteurs qui chantent sur la scène. Vous gagnerez votre vie. Vous vivrez entouré de musique mais vous ne serez pas musicien.

« Avez-vous un cœur pour sentir ? Avez-vous un cerveau pour penser ? Avez-vous idée de ce à quoi peuvent servir les sons

53

quand il ne s'agit plus de danser ni de réjouir les oreilles du roi ?

« Cependant votre voix brisée m'a ému. Je vous garde pour votre douleur, non pour votre art. »

Quand le jeune Marais descendit les marches de la cabane, il vit, dans l'ombre que faisaient les feuillages, une jeune fille longue et nue qui se cachait derrière un arbre et il détourna en hâte la tête pour ne pas sembler l'avoir vue.

CHAPITRE XI

Les mois passèrent. Un jour où il faisait très froid et où la campagne était recouverte de neige, ils ne purent travailler longtemps qu'ils ne fussent transis. Leurs doigts étaient gourds et ils quittèrent la cabane, regagnèrent la maison et, près de l'âtre, firent chauffer du vin, y ajoutèrent des épices et de la cannelle, et le burent.

« Ce vin réchauffe mes poumons et mon ventre, dit Marin Marais.

— Connaissez-vous le peintre Baugin ? lui demanda Sainte Colombe.

— Non, Monsieur, ni aucun autre peintre.

— Je lui ai naguère passé commande d'une toile. C'est le coin de ma table à écrire qui est dans mon cabinet de musique. Allons-y.

— Sur-le-champ ?

— Oui. »

Marin Marais regardait Madeleine de Sainte Colombe : elle se tenait de profil près de la fenêtre, devant le carreau pris de givre, qui déformait les images du mûrier et des saules. Elle écoutait avec attention. Elle lui lança un regard singulier.

« Allons voir mon ami, disait Sainte Colombe.

— Oui », disait Marin Marais.

Ce dernier, comme il regardait Madeleine, ouvrait son pourpoint, ajustait et relaçait son collet de buffle.

« C'est à Paris, disait Monsieur de Sainte Colombe.

— Oui », lui répondait Marin Marais.

Ils s'emmitouflèrent. Monsieur de Sainte Colombe entoura son visage dans un carré de laine ; Madeleine tendait chapeaux, capes, gants. Monsieur de Sainte Colombe décrocha près de l'âtre le baudrier et l'épée. Ce fut la seule fois où Monsieur Marais vit Monsieur de Sainte Colombe porter l'épée. Le jeune homme tenait les yeux fixés sur l'estocade signée : on y voyait, bosselée, en relief, la figure du nocher infernal, une gaffe à la main.

« Allons, Monsieur », dit Sainte Colombe.

Marin Marais releva la tête et ils sortirent. Marin Marais rêvait au forgeron à l'instant où il avait frappé l'épée sur l'enclume. Il revit la petite enclume de cordonnier que son père posait sur sa cuisse et sur laquelle il frappait avec son marteau. Il rêva à la main de son père et à la callosité qu'y avait empreinte le marteau quand il la passait sur sa joue, le soir, quand il était âgé de quatre ou cinq ans, avant qu'il quittât l'échoppe pour la chantre-rie. Il songea que chaque métier avait ses mains : les cals aux gras des doigts de la main gauche des gambistes, les durillons aux pouces droits des savetiers-bottiers. Il nei-geait quand ils sortirent de la maison de Monsieur de Sainte Colombe. Ce dernier était enveloppé dans une grande cape brune et on ne voyait que ses yeux sous son carré de laine. Ce fut l'unique fois où Monsieur Marais vit son maître au-dehors de son jardin ou de sa maison. Il passait pour ne jamais les quitter. Ils rejoignirent la Bièvre en aval. Le vent sifflait; leurs pas faisaient craquer la terre prise de gel. Sainte Colombe avait saisi son élève par le bras et il posait son doigt sur ses lèvres en signe de se taire. Ils marchaient bruyamment, le haut du corps penché vers la route, luttant contre le vent qui venait frapper leurs yeux ouverts.

« Vous entendez, Monsieur, cria-t-il, comment se détache l'aria par rapport à la basse. »

CHAPITRE XII

« C'est Saint-Germain-l'Auxerrois, dit Monsieur de Sainte Colombe.

— Je le sais plus qu'un autre. J'y ai chanté dix ans, Monsieur.

— Voici », dit Monsieur de Sainte Colombe.

Il frappait le marmot. C'était une porte étroite de bois ouvragé. On entendit sonner le carillon de Saint-Germain-l'Auxerrois. Une vieille femme passa la tête. Elle portait une ancienne coiffe en pointe sur le front. Ils se retrouvèrent près du poêle dans l'atelier de Monsieur Baugin. Le peintre était occupé à peindre une table : un verre à moitié plein de vin rouge, un luth couché, un cahier de musique, une bourse de velours noir, des cartes à jouer dont la première était un valet de trèfle, un échiquier sur lequel étaient disposés un vase avec trois œillets et un miroir octogonal appuyé contre le mur de l'atelier.

« Tout ce que la mort ôtera est dans sa nuit », souffla Sainte Colombe dans l'oreille de son élève. « Ce sont tous les plaisirs du monde qui se retirent en nous disant adieu. »

Monsieur de Sainte Colombe demanda au peintre s'il pouvait recouvrer la toile qu'il lui avait empruntée : le peintre avait voulu la montrer à un marchand des Flandres qui en avait tiré une copie. Monsieur Baugin fit un signe à la vieille femme qui portait la coiffe en pointe sur le front ; elle s'inclina et alla chercher les gaufrettes entourées d'ébène. Il la montra à Monsieur Marais, pointant le doigt sur le verre à pied et sur l'enroulement des petites pâtisseries jaunes. Puis la vieille femme impassible s'occupa à l'envelopper de chiffons et de cordes. Ils regardèrent le peintre peindre. Monsieur de Sainte Colombe souffla de nouveau dans l'oreille de Monsieur Marais :

« Ecoutez le son que rend le pinceau de Monsieur Baugin. »

Ils fermèrent les yeux et ils l'écoutèrent peindre. Puis Monsieur de Sainte Colombe dit :

« Vous avez appris la technique de l'archet. »

Comme Monsieur Baugin se retournait et les interrogeait sur ce qu'ils murmuraient entre eux :

« Je parlais de l'archet et je le comparais à votre pinceau, dit Monsieur de Sainte Colombe.

— Je crois que vous vous égarez, dit le peintre en riant. J'aime l'or. Personnellement je cherche la route qui mène jusqu'aux feux mystérieux. »

Ils saluèrent Monsieur Baugin. La coiffe blanche en pointe s'inclina sèchement devant eux tandis que la porte se refermait dans leur dos. Dans la rue la neige avait redoublé de violence et d'épaisseur. Ils n'y voyaient rien et trébuchaient dans la couche de la neige. Ils entrèrent dans un jeu de paume qui se trouvait là. Ils prirent un bol de soupe et le burent, soufflant sur la vapeur qui l'enveloppait, en marchant dans les salles. Ils virent des seigneurs qui jouaient entourés de leurs gens. Les jeunes dames qui les accompagnaient applaudissaient aux meilleurs coups. Ils virent dans une autre salle, montées sur des tréteaux, deux femmes qui récitaient. L'une disait d'une voix soutenue :

« Ils brillaient au travers des flambeaux et des armes. Belle, sans ornements, dans le simple appareil d'une beauté qu'on vient d'arracher au sommeil. Que veux-tu ? Je ne sais si cette négligence, les ombres, les flambeaux, les cris et le silence... »

L'autre répondait lentement, à l'octave plus basse :

« J'ai voulu lui parler et ma voix s'est perdue. Immobile, saisi d'un long étonnement, de son image en vain j'ai voulu me distraire. Trop présente à mes yeux, je croyais lui parler, j'aimais jusqu'à ses pleurs que je faisais couler... »

Tandis que les actrices déclamaient avec de grands gestes étranges, Sainte Colombe chuchotait à l'oreille de Marais :

« Voilà comment s'articule l'emphase d'une phrase. La musique aussi est une langue humaine. »

Ils sortirent du jeu de paume. La neige avait cessé de tomber mais arrivait à la hauteur de leurs bottes. La nuit était là sans qu'il y eût de lune ni d'étoiles. Un homme passa avec une torche qu'il protégeait avec la main et ils le suivirent. Quelques flocons tombaient encore.

Monsieur de Sainte Colombe arrêta son disciple en lui prenant le bras : devant eux un petit garçon avait descendu ses chausses et pissait en faisant un trou dans la neige. Le bruit de l'urine chaude crevant la neige se mêlait au bruit des cristaux de la neige qui fondaient à mesure. Sainte Colombe tenait une fois encore le doigt sur ses lèvres.

« Vous avez appris le détaché des ornements, dit-il.

— C'est aussi une descente chromatique », rétorqua Monsieur Marin Marais.

Monsieur de Sainte Colombe haussa les épaules.

« Je mettrai une descente chromatique dans votre tombeau, Monsieur. »

C'est ce qu'il fit en effet, des années plus tard. Monsieur Marais ajouta :

« Peut-être la véritable musique est-elle liée au silence ?

— Non », dit Monsieur de Sainte Colombe. Il était en train de remettre le carré de laine sur sa tête et enfonça son chapeau pour le retenir. Déplaçant le baudrier de son épée qui entravait ses jambes, tenant toujours serrées les gaufrettes sous son bras, il se retourna et pissa lui-même contre le mur. Il pivota de nouveau vers Monsieur Marais en disant :

« La nuit est avancée. J'ai froid aux pieds. Je vous donne mon salut. »

Il le quitta tout à trac.

CHAPITRE XIII

C'était le commencement du printemps. Il le poussait hors de la cabane. Chacun la viole à la main, sans un mot, sous la pluie fine, ils traversèrent le jardin en direction de la maison où ils entrèrent en faisant du vacarme. Il appela en criant ses filles. Il avait l'air courroucé. Il dit :

« Allez, Monsieur. Allez. Il s'agit de faire naître une émotion dans nos oreilles. »

Toinette descendit l'escalier en courant. Elle s'assit près de la porte-fenêtre. Madeleine vint embrasser Marin Marais qui lui dit, tout en disposant sa viole entre ses jambes et en cherchant l'accord, qu'il avait joué devant le roi à la chapelle. Les yeux de Madeleine se firent plus graves. L'atmosphère était tendue, pareille à une corde sur le point de rompre. Tandis que Madeleine essuyait les gouttes de pluie sur la viole avec son tablier, Marin Marais répétait en chuchotant à son oreille :

« Il est furieux parce que j'ai joué hier devant le roi à la chapelle. »

Le visage de Monsieur de Sainte Colombe se rembrunit encore. Toinette fit un signe. Sans s'en soucier, Marin Marais expliquait à Madeleine qu'on avait glissé sous les pieds de la reine une chaufferette à charbon. La chaufferette...

« Jouez ! dit Monsieur de Sainte Colombe.

— Regarde, Madeleine. J'ai brûlé le bas de ma viole. C'est un des gardes qui a remarqué que ma viole brûlait et qui m'a fait signe avec sa pique. Elle n'est pas brûlée. Elle n'est pas vraiment brûlée. Elle est noircie et... »

Deux mains claquèrent avec une grande violence sur le bois de la table. Tous sursautèrent. Monsieur de Sainte Colombe hurla entre ses dents :

« Jouez !

— Madeleine, regarde ! continuait Marin.

— Joue ! » dit Toinette.

Sainte Colombe courut à travers la salle, lui arracha l'instrument des mains.

« Non ! » cria Marin qui se leva pour récupérer sa viole. Monsieur de Sainte Colombe ne se possédait plus. Il brandissait la viole en l'air. Marin Marais le poursuivait dans la salle tendant les bras pour reprendre son instrument et l'empêcher de faire une chose monstrueuse. Il criait : « Non ! Non ! » Madeleine, figée de terreur, tordait son tablier entre ses mains. Toinette s'était levée et courait après eux.

Sainte Colombe s'approcha de l'âtre, dressa la viole en l'air, la fracassa sur le manteau de pierre de la cheminée. Le miroir qui le surplombait se rompit sous le choc. Marin Marais s'était accroupi soudain et hurlait. Monsieur de Sainte Colombe jeta ce qui restait de la viole à terre, sautait dessus avec ses bottes à entonnoir. Toinette tirait par le pourpoint son père en prononçant son nom. Au bout d'un moment, tous les quatre se turent. Ils se tenaient immobiles et hébétés. Ils regardaient sans comprendre le saccage. Monsieur de Sainte Colombe, la tête baissée, pâle, ne regardait que ses mains. Il cherchait à soupirer des « Ah ! Ah ! » de douleur. Il ne le pouvait pas.

« Mon père, mon père ! » disait Toinette en étreignant les épaules et le dos de son père en sanglotant.

Il mouvait ses doigts et poussait peu à peu des petits cris « Ah ! Ah ! » comme un homme qui se noie sans retrouver le souffle. Enfin il quitta la pièce. Monsieur Marais pleurait dans les bras de Madeleine qui s'était agenouillée auprès de lui et qui tremblait. Monsieur de Sainte Colombe revint avec une bourse dont il dénouait le lacet. Il compta les louis qu'elle contenait, s'approcha, jeta la bourse aux pieds de Marin Marais et se retira. Marin Marais cria dans son dos en se remettant debout :

« Monsieur, vous pourriez rendre raison de ce que vous avez fait ! »

Monsieur de Sainte Colombe se retourna et dit avec calme :

« Monsieur, qu'est-ce qu'un instrument ?

Un instrument n'est pas la musique. Vous avez là de quoi vous racheter un cheval de cirque pour pirouetter devant le roi. »

Madeleine pleurait dans sa manche en cherchant elle-même à se relever. Les sanglots faisaient frissonner son dos. Elle demeurait à genoux entre eux.

« Écoutez, Monsieur, les sanglots que la douleur arrache à ma fille : ils sont plus près de la musique que vos gammes. Quittez à jamais la place, Monsieur, vous êtes un très grand bateleur. Les assiettes volent au-dessus de votre tête et jamais vous ne perdez l'équilibre mais vous êtes un petit musicien. Vous êtes un musicien de la taille d'une prune ou bien d'un hanneton. Vous devriez jouer à Versailles, c'est-à-dire sur le Pont-Neuf, et on vous jetterait des pièces pour boire. »

Monsieur de Sainte Colombe quitta la salle en lançant la porte derrière lui. Monsieur Marais courut lui-même vers la cour pour partir. Les portes claquaient.

Madeleine courut derrière lui sur la

route, le rejoignit. La pluie avait cessé. Elle le prit par les épaules. Il pleurait.

« Je vous enseignerai tout ce que mon père m'a appris, lui dit-elle.

— Votre père est un homme méchant et fou, dit Marin Marais.

— Non. »

En silence, elle faisait « Non » avec la tête. Elle dit encore une fois :

« Non. »

Elle vit ses larmes qui coulaient et essuya l'une d'entre elles. Elle aperçut les mains de Marin qui s'approchaient des siennes, toutes nues sous la pluie qui avait repris. Elle avança ses doigts. Ils se touchèrent et ils sursautèrent. Puis ils étreignirent leurs mains, avancèrent leurs ventres, avancèrent leurs lèvres. Ils s'embrassèrent.

CHAPITRE XIV

Marin Marais venait en cachette de Monsieur de Sainte Colombe. Madeleine lui montrait sur sa viole tous les tours que son père lui avait enseignés. Debout devant lui, elle les lui faisait répéter, disposant sa main sur la touche, disposant le mollet pour repousser l'instrument en avant et le faire résonner, disposant le coude et le haut du bras droit pour l'archet. Ainsi ils se touchaient. Puis ils se baisèrent dans les coins d'ombre. Ils s'aimèrent. Ils se mussaient parfois sous la cabane de Sainte Colombe pour entendre à quels ornements il en était venu, comment progressait son jeu, à quels accords ses préférences allaient désormais.

Quand il eut vingt ans, durant l'été 1676,

Monsieur Marais annonça à Mademoiselle de Sainte Colombe qu'il était engagé à la cour comme « musicqueur du roy ». Ils étaient au jardin ; elle le poussait pour qu'il s'installe sous le cabinet de planche édifié dans les branches basses du vieux mûrier. Elle lui avait tout donné de sa pratique.

Il arriva un jour que l'orage éclata alors que Marin Marais s'était embusqué sous la cabane et qu'ayant pris froid il éternua violemment à plusieurs reprises. Monsieur de Sainte Colombe sortit sous la pluie, le surprit le menton dans les genoux sur la terre humide et lui donna des coups de pied en appelant ses gens. Il parvint à le blesser aux pieds et aux genoux et à le faire sortir, le prit au collet, demanda au valet le plus proche qu'il allât quérir le fouet. Madeleine de Sainte Colombe s'interposa. Elle dit à son père qu'elle aimait Marin, le calma enfin. Les nuages de l'orage étaient passés aussi vite qu'ils avaient été violents et ils tirèrent au jardin des fauteuils de toile dans lesquels ils s'assirent.

« Je ne veux plus vous voir, Monsieur. C'est la dernière fois, dit Sainte Colombe.

— Vous ne me verrez plus.

— Désirez-vous épouser ma fille aînée?

— Je ne puis encore donner ma parole.

— Toinette est chez le luthier et rentrera tard », dit Madeleine en détournant son visage.

Elle vint s'asseoir dans l'herbe auprès de Marin Marais, adossée à la grande chaise de toile de son père. L'herbe était déjà presque séchée et sentait fort le foin. Son père regardait, au-delà du saule, les forêts vertes. Elle regarda la main de Marin qui l'approchait lentement. Il posa ses doigts sur le sein de Madeleine et glissa lentement jusqu'au ventre. Elle serra les jambes et frissonna. Monsieur de Sainte Colombe ne pouvait les voir. Il était occupé à parler :

« Je ne sais pas si je vous donnerai ma fille. Sans doute avez-vous trouvé une place qui est d'un bon rapport. Vous vivez dans un palais et le roi aime les mélodies dont vous entourez ses plaisirs. A mon avis, peu importe qu'on exerce son art dans un grand palais de pierre à cent chambres ou dans une cabane qui branle dans un mûrier. Pour moi il y a quelque chose de plus que l'art, de plus que les doigts, de plus que l'oreille, de plus que l'invention : c'est la vie passionnée que je mène.

— Vous vivez une vie passionnée ? dit Marin Marais.

— Père, vous menez une vie passionnée ? »

Madeleine et Marin avaient parlé en même temps et en même temps avaient dévisagé le vieux musicien.

« Monsieur, vous plaisez à un roi visible. Plaire ne m'a pas convenu. Je hèle, je vous le jure, je hèle avec ma main une chose invisible.

— Vous parlez par énigmes. Je n'aurai jamais bien compris ce que vous vouliez dire.

— Et c'est pourquoi je n'escomptais pas que vous cheminiez à mes côtés, sur mon pauvre chemin d'herbes et de pierrailles. J'appartiens à des tombes. Vous publiez des compositions habiles et vous y ajoutez ingénieusement des doigtés et des ornements que vous me volez. Mais ce ne sont que des noires et des blanches sur du papier ! »

Avec son mouchoir, Marin Marais effaçait

les traces de sang sur ses lèvres. Il se pencha
soudain vers son maître.

« Monsieur, il y a longtemps que je sou-
haite vous poser une question.

— Oui.

— Pourquoi ne publiez-vous pas les airs
que vous jouez ?

— Oh ! mes enfants, je ne compose pas ! Je
n'ai jamais rien écrit. Ce sont des offrandes
d'eau, des lentilles d'eau, de l'armoise, des
petites chenilles vivantes que j'invente parfois
en me souvenant d'un nom et des plaisirs.

— Mais où est la musique dans vos lentilles et vos chenilles ?

— Quand je tire mon archet, c'est un petit
morceau de mon cœur vivant que je déchire.
Ce que je fais, ce n'est que la discipline d'une
vie où aucun jour n'est férié. J'accomplis mon
destin. »

CHAPITRE XV

D'un côté les Libertins étaient tourmentés, de l'autre les Messieurs de Port-Royal étaient en fuite. Ceux-ci avaient eu le projet d'acheter une île en Amérique et de s'y établir comme les Puritains persécutés l'avaient fait. Monsieur de Sainte Colombe avait conservé des liens d'amitié avec Monsieur de Bures. Monsieur Coustel disait que les Solitaires poussaient l'excès d'humiliation au point qu'ils préféraient le mot monsieur au mot même de saint. Rue Saint-Dominique-d'Enfer, les enfants aussi se disaient entre eux « Monsieur » et ils ne se tutoyaient pas. Parfois un de ces Messieurs lui faisait envoyer un carrosse pour qu'il vînt jouer pour la mort d'un des leurs ou pour les Ténèbres. Mon-

sieur de Sainte Colombe ne pouvait s'empêcher alors de songer à son épouse et aux
circonstances qui avaient précédé sa mort. Il
vivait un amour que rien ne diminuait. Il lui
semblait que c'était le même amour, le même
abandon, la même nuit, le même froid. Un
mercredi saint, alors qu'il avait joué lors de
l'office des Ténèbres dans la chapelle de
l'hôtel de Madame de Pont-Carré, il avait
rangé sa partie et s'apprêtait à s'en retourner.
Il était assis dans la petite allée latérale, sur
une chaise en paille. Sa viole était posée à ses
côtés, recouverte de sa housse. L'organiste et
deux sœurs interprétaient un morceau nouveau qu'il ne connaissait pas et qui était
beau. Il tourna sa tête sur sa droite : elle était
assise à ses côtés. Il inclina la tête. Elle lui
sourit, leva un peu la main ; elle portait des
mitaines noires et des bagues.

« Maintenant il faut rentrer », dit-elle.

Il se leva, prit sa viole et la suivit dans
l'obscurité de l'allée, longeant les statues des
saints couverts de linges violets.

Dans la ruelle il ouvrit la porte du carrosse,
déplia le marchepied et monta après elle en

mettant sa viole devant lui. Il dit au cocher qu'il rentrait. Il sentit la douceur de la robe de son épouse près de lui. Il lui demanda s'il lui avait bien témoigné autrefois à quel point il l'aimait.

« J'ai en effet le souvenir que vous me témoigniez votre amour, lui dit-elle, encore que je n'eusse pas été blessée si vous me l'aviez exprimé de façon un peu plus bavarde.

— Etait-ce si pauvre et si rare ?

— C'était aussi pauvre que fréquent, mon ami, et le plus souvent muet. Je vous aimais. Comme j'aimerais encore vous proposer des pêches écrasées ! »

Le carrosse s'arrêta. Ils étaient déjà devant la maison. Il était sorti du carrosse et lui tendit la main pour qu'elle descendît à son tour.

« Je ne puis pas », dit-elle.

Il eut un air de douleur qui donna à Madame de Sainte Colombe le désir de porter la main vers lui.

« Vous n'avez pas l'air bien », dit-elle.

Il sortit la viole habillée de sa housse et la

posa sur le chemin. Il s'assit sur le marche-pied et il pleura.

Elle était descendue. Il se releva en hâte et ouvrit la porte cochère. Ils traversèrent la cour pavée, grimpèrent le perron, pénétrèrent dans la salle où il laissa sa viole contre la pierre de cheminée. Il lui disait :

« Ma tristesse est indéfinissable. Vous avez raison de m'adresser ce reproche. La parole ne peut jamais dire ce dont je veux parler et je ne sais comment le dire... »

Il poussa la porte qui donnait sur la balustrade et le jardin de derrière. Ils marchèrent sur la pelouse. Il montra du doigt la cabane en disant :

« Voilà la cabane où je parle ! »

Il s'était mis de nouveau à pleurer doucement. Ils allèrent jusqu'à la barque. Madame de Sainte Colombe monta dans la barque blanche tandis qu'il en retenait le bord et la maintenait près de la rive. Elle avait retroussé sa robe pour poser le pied sur le plancher humide de la barque. Il se redressa. Il tenait les paupières baissées. Il ne vit pas que la barque avait disparu. Il reprit au bout d'un certain temps, les larmes glissant sur ses joues :

« Je ne sais comment dire, Madame. Douze ans ont passé mais les draps de notre lit ne sont pas encore froids. »

CHAPITRE XVI

Les visites de Monsieur Marais devinrent plus exceptionnelles. Madeleine le rejoignait à Versailles ou à Vauboyen où ils s'aimaient dans une chambre d'auberge. Madeleine lui confiait tout. C'est ainsi qu'elle lui avoua que son père avait composé les airs les plus beaux qui fussent au monde et qu'il ne les faisait entendre à personne. Il y avait les Pleurs. Il y avait la Barque de Charon.

Une fois ils eurent peur. Ils étaient à la maison parce que Marin Marais cherchait à surprendre, en se glissant sous les branches du mûrier, les airs dont Madeleine lui avait parlé. Elle était debout devant lui, dans la salle. Marin était assis. Elle s'était approchée. Elle tendait ses seins en avant, près de son visage. Elle dégrafa le haut de sa robe, écarta sa chemise de dessous. Sa gorge jaillit. Marin Marais ne put qu'y jeter son visage.

« Manon ! » criait Monsieur de Sainte Colombe.

Marin Marais se cacha dans l'encoignure de la fenêtre la plus proche. Madeleine était pâle et remettait en hâte sa chemise de dessous.

« Oui, mon père.

— Il faut que nous fassions nos gammes par tierce et quinte.

— Oui, mon père. »

Il entra. Monsieur de Sainte Colombe ne vit pas Marin Marais. Ils partirent aussitôt. Quand, au loin, il les entendit s'accorder, Marin Marais sortit de son encoignure et voulut quitter de façon furtive la demeure en passant par le jardin. Il tomba sur Toinette, accoudée à la balustrade, qui contemplait le jardin. Elle l'arrêta par le bras.

« Et moi, comment me trouves-tu ? »

Elle tendit ses seins comme avait fait sa sœur. Marin Marais rit, l'embrassa et s'esquiva en se précipitant.

CHAPITRE XVII

Une autre fois, à quelque temps de là, un jour d'été, alors que Guignotte, Madeleine et Toinette étaient convenues d'aller à la chapelle nettoyer les statues des saints, enlever les toiles d'araignée, laver le pavé, épousseter les chaises et les bancs, fleurir l'autel, Marin Marais les accompagna. Il monta à la tribune et joua une pièce d'orgue. En bas, il voyait Toinette qui frottait avec une serpillière le pavé et les marches qui entouraient l'autel. Elle lui fit signe. Il descendit. Il faisait très chaud. Ils se prirent la main, passèrent par la porte de la sacristie, traversèrent en courant le cimetière, sautèrent le muret et se retrouvèrent dans les buissons à la limite du bois.

Toinette était tout essoufflée. Sa robe laissait voir le haut des seins qui luisaient de sueur. Elle avait les yeux qui brillaient. Elle tendit les seins en avant.

« La sueur mouille le bord de ma robe, dit-elle.

— Vous avez des seins plus gros que ceux de votre sœur. »

Il regardait ses seins. Il voulut approcher ses lèvres, lui prit les bras, voulut se séparer d'elle et repartir. Il avait l'air égaré.

« J'ai le ventre tout chaud », lui dit-elle en prenant sa main et en la mettant entre les siennes. Elle le tira à elle.

« Votre sœur... », murmurait-il et il l'enferma dans ses bras. Ils s'étreignaient. Il baisait ses yeux. Il désordonna sa chemise.

« Mettez-vous nu et prenez-moi », lui dit-elle.

C'était encore une enfant. Elle répétait :

« Mettez-moi nue ! Puis mettez-vous nu ! »

Son corps était celui d'une femme ronde et épaisse. Après qu'ils se furent pris, à l'instant de passer sa chemise, nue, illuminée de côté par la lumière du jour finissant, les seins lourds, les cuisses se détachant sur le fond des feuillages du bois, elle lui parut la plus belle femme du monde.

« Je n'ai pas honte, dit-elle.

— J'ai honte.

— J'ai eu du désir. »

Il l'aida à lacer sa robe. Elle levait les bras et les tenait ployés en l'air. Il serrait la taille. Elle ne portait pas de pantalon sous sa chemise. Elle dit :

« En plus, maintenant, Madeleine va devenir maigre. »

CHAPITRE XVIII

Ils étaient à demi nus dans la chambre de Madeleine. Marin Marais s'adossa au montant du lit. Il lui disait :

« Je vous quitte. Vous avez vu que je n'avais plus rien au bout de mon ventre pour vous. »

Elle prit ses mains et lentement, mettant son visage dans les deux mains de Marin Marais, elle se mit à pleurer. Il poussa un soupir. L'embrasse qui retenait le rideau du lit tomba tandis qu'il tirait sur ses chausses pour les lacer. Elle lui prit des mains les cordons des chausses et y porta ses lèvres.

« Vos larmes sont douces et me touchent. Je vous abandonne parce que je ne songe plus à vos seins dans mes rêves. J'ai vu d'autres visages. Nos cœurs sont des affamés. Notre esprit ne connaît pas le repos. La vie est belle à proportion qu'elle est féroce, comme nos proies. »

Elle se taisait, jouait avec les cordons, caressait son ventre et ne le regardait pas. Elle releva la tête, lui fit face soudain, toute rouge, lui murmurant :

« Arrête de parler et va-t'en ! »

CHAPITRE XIX

Mademoiselle de Sainte Colombe tomba malade et devint si maigre et si faible qu'elle s'alita. Elle était grosse. Marin Marais n'osait prendre de ses nouvelles mais il avait convenu avec Toinette d'un jour où il venait, au-delà du lavoir sur la Bièvre. Là, il donnait du foin à son cheval et il s'enquérait des nouvelles sur la grossesse de Madeleine. Elle accoucha d'un petit garçon qui était mort-né. Il confia à Toinette un paquet qu'elle remit à sa sœur : il contenait des chaussures montantes jaunes en veau à lacets, que son père avait confection-nées à sa demande. Madeleine voulut les mettre à cuire dans l'âtre mais Toinette l'en empêcha. Elle se rétablit. Elle lut les Pères du désert. Le temps passant, il cessa de venir.

En 1675, il travaillait la composition avec Monsieur Lully. En 1679, Caignet mourut. Marin Marais, à vingt-trois ans, fut nommé Ordinaire de la Chambre du roi, prenant la place de son premier maître. Il assuma aussi la direction d'orchestre auprès de Monsieur Lully. Il composa des opéras. Il se maria avec Catherine d'Amicourt et il en eut dix-neuf enfants. L'année où on ouvrit les charniers de Port-Royal (l'année où le roi exigea par écrit qu'on rasât les murs, qu'on exhumât les corps de Messieurs Hamon et Racine et qu'on les donnât aux chiens), il reprit le thème de la Rêveuse.

En 1686, il habitait rue du Jour, près de l'église Saint-Eustache. Toinette avait épousé Monsieur Pardoux le fils, qui était, comme son père, luthier dans la Cité, et dont elle eut cinq enfants.

CHAPITRE XX

La neuvième fois où il sentit près de lui que son épouse était venue le rejoindre, c'était au printemps. C'était lors de la grande persécution de juin 1679. Il avait sorti le vin et le plat de gaufrettes sur la table à musique. Il jouait dans la cabane. Il s'interrompit et lui dit :

« Comment est-il possible que vous veniez ici, après la mort ? Où est ma barque ? Où sont mes larmes quand je vous vois ? N'êtes-vous pas plutôt un songe ? Suis-je un fou ?

— Ne soyez pas dans l'inquiétude. Votre barque est pourrie depuis longtemps dans la rivière. L'autre monde n'est pas plus étanche que ne l'était votre embarcation.

— Je souffre, Madame, de ne pas vous toucher.

— Il n'y a rien, Monsieur, à toucher que du vent. »

Elle parlait lentement comme font les morts. Elle ajouta :

« Croyez-vous qu'il n'y ait pas de souffrance à être du vent ? Quelquefois ce vent porte jusqu'à nous des bribes de musique. Quelquefois la lumière porte jusqu'à vos regards des morceaux de nos apparences. »

Elle se tut encore. Elle regardait les mains de son mari, qu'il avait posées sur le bois rouge de la viole.

« Comme vous ne savez pas parler ! dit-elle. Que voulez-vous, mon ami ? Jouez.

— Que regardiez-vous en vous taisant ?

— Jouez donc ! Je regardais votre main vieillie sur le bois de la viole. »

Il s'immobilisa. Il regarda son épouse puis, pour la première fois de sa vie, ou du moins comme s'il ne l'avait jamais vue jusque-là, il regarda sa main émaciée, jaune, à la peau desséchée en effet. Il mit devant lui ses deux mains. Elles étaient tachées par la mort et il en fut heureux. Ces marques de vieillesse le rapprochaient d'elle ou de son état. Son cœur

battait à rompre par la joie qu'il éprouvait et
ses doigts tremblaient.

« Mes mains, disait-il. Vous parlez de mes
mains ! »

CHAPITRE XXI

A cette heure, le soleil avait déjà disparu.
Le ciel était rempli de nuages de pluie et il
faisait sombre. L'air était plein d'humidité et
laissait pressentir une averse prochaine. Il
suivit la Bièvre. Il revit la maison et sa
tourelle et se heurta aux hauts murs qui la
protégeaient. Au loin, par instants, il percevait le son de la viole de son maître. Il en fut
ému. Il suivit le mur jusqu'à la rive et,
empoignant les racines d'un arbre qu'une
crue du ruisseau avait mises à nu, il parvint à
contourner le mur et à rejoindre le talus de la
rive qui appartenait aux Sainte Colombe. Du
grand saule, il ne restait plus que le tronc. La
barque n'était plus là non plus. Il se dit : « Le
saule est rompu. La barque a coulé. J'ai aimé

des filles qui sont sans doute des mères. J'ai connu leur beauté. » Il ne vit pas les poules ni les oies s'empresser autour de ses mollets : Madeleine ne devait plus habiter ici. Autrefois elle les rentrait le soir dans leur cabane et on les entendait piailler et s'ébrouer dans la nuit.

Il se glissa dans l'ombre du mur et, se guidant au son de la viole, s'approcha de la cabane de son maître et, s'enveloppant dans son manteau de pluie, il approcha l'oreille de la cloison. C'étaient de longues plaintes arpégées. Elles ressemblaient aux airs qu'improvisait Couperin le jeune, dans ce temps-là, sur les orgues de Saint-Gervais. Par le petit créneau de la fenêtre filtrait la lueur d'une bougie. Puis, comme la viole avait cessé de résonner, il l'entendit parler à quelqu'un, bien qu'il ne perçût pas les réponses.

« Mes mains, disait-il. Vous parlez de mes mains ! »

Et aussi :

« Que regardiez-vous en vous taisant ? »

Au bout d'une heure, Monsieur Marais repartit en empruntant le même chemin difficile par où il était venu.

CHAPITRE XXII

Durant l'hiver 1684 un saule s'était rompu sous le poids de la glace et la rive en était abîmée. Par le trou des feuillages on voyait la maison d'un bûcheron dans la forêt. Monsieur de Sainte Colombe avait été très affecté par ce bris d'un saule parce qu'il coïncida avec la maladie de sa fille Madeleine. Il venait près du lit de sa fille aînée. Il souffrait, il cherchait, il ne trouvait rien à lui dire. Il caressait le visage osseux de sa fille avec ses vieilles mains. Un soir, lors de l'une de ces visites, elle demanda à son père qu'il jouât la Rêveuse qu'avait composée pour elle jadis Monsieur Marais, du temps où il l'aimait. Il refusa et quitta la chambre fort courroucé. Pourtant Monsieur de Sainte Colombe, à peu de temps de là, alla trouver Toinette dans l'île, dans l'atelier de Monsieur Pardoux, et lui demanda d'avertir Monsieur Marais. Il s'ensuivit la tristesse qu'on sait. Non seulement il ne parla plus durant dix mois mais Monsieur de Sainte Colombe ne toucha plus sa viole : c'était la première fois que ce dégoût lui naissait. Guignotte était morte. Il n'avait jamais usé d'elle, ni touché ses cheveux qu'elle portait dénoués dans le dos, quoiqu'il l'eût convoitée. Plus personne ne lui préparait sa pipe de terre et son pichet de vin. Il disait aux valets qu'ils pouvaient aller dans leur soupente se coucher ou jouer aux cartes. Il préférait rester seul, avec un chandelier, assis près de la table, ou avec un bougeoir, dans sa cabane. Il ne lisait pas. Il n'ouvrait pas son livre de maroquin rouge. Il recevait ses élèves sans un regard et en se tenant immobile, si bien qu'il fallut leur dire de ne plus se déranger pour venir faire de la musique.

Dans ces temps-là, Monsieur Marais venait tard dans la soirée et écoutait, l'oreille collée à la paroi de planches, le silence.

CHAPITRE XXIII

Une après-midi, Toinette et Luc Pardoux
étaient venus trouver Monsieur Marais alors
que celui-ci était de service à Versailles :
Madeleine de Sainte Colombe avait une
grande fièvre soudaine, due à la petite vérole.
On craignait qu'elle ne mourût. Un garde
prévint l'Ordinaire de la Chambre qu'une
Toinette l'attendait sur le pavé.

Il arriva embarrassé, avec ses dentelles, ses
talons à torsades d'or et de rouge. Marin
Marais fut maussade. Montrant le billet qu'il
tenait encore à la main, il commença par dire
qu'il n'irait point. Puis il demanda quel était
l'âge de Madeleine. Elle était née l'année où
le feu roi était mort. Elle avait trente-neuf ans
alors et Toinette disait que sa sœur aînée ne

supportait pas l'idée de passer la quarantaine dans l'état de fille. Son mari, Monsieur Pardoux le fils, estimait que Madeleine avait plutôt la tête tournée. Elle avait commencé par manger du pain de son puis s'était exemptée de toute viande. Maintenant la femme qui avait remplacé Guignotte la nourrissait à la cuiller. Monsieur de Sainte Colombe s'était mis dans la tête de lui faire donner des pêches en sirop pour l'assurer de vivre. C'était une lubie qu'il disait tenir de sa femme. Monsieur Marais avait porté la main à ses yeux quand Toinette avait prononcé le nom de Monsieur de Sainte Colombe. Madeleine rendait tout. Comme les Messieurs affirmaient que la petite vérole recrutait à la sainteté et au cloître, Madeleine de Sainte Colombe rétorqua que la sainteté, c'était le service de son père, le cloître, c'était cette « vorne » sur la Bièvre et que cette connaissance étant faite il lui paraissait inutile de la renouveler. Quant à être défigurée, elle dit qu'elle ne demandait pas à en être plainte ; elle était déjà maigre comme les chardons et plaisante comme eux : jadis un homme l'avait même quittée parce que ses seins, quand elle eut maigri de douleur, étaient devenus gros comme des noisettes. Elle ne communiait plus, sans qu'il y eût forcément lieu de voir en cela les influences de Monsieur de Bures ou de Monsieur Lancelot. Mais elle demeurait pieuse. Durant des années, elle était allée à la chapelle prier. Elle montait à la tribune, regardait le chœur et les dalles qui entouraient l'autel, se mettait à l'orgue. Elle disait qu'elle offrait cette musique à Dieu.

Monsieur Marais demanda comment se portait Monsieur de Sainte Colombe. Toinette rétorqua qu'il allait bien mais qu'il ne voulait pas jouer la pièce intitulée la Rêveuse. A six mois de là, Madeleine sarclait encore au jardin et plantait des semences de fleurs. Désormais elle était trop faible pour joindre la chapelle. Quand elle pouvait marcher sans tomber, le soir, elle entendait servir seule son père à table, peut-être par esprit d'humilité, ou par déplaisir à l'idée de manger, se tenant debout derrière sa chaise. Monsieur Pardoux prétendait qu'elle avait dit à sa femme que, la nuit, elle se brûlait les bras nus avec la cire des chandelles. Madeleine avait montré à Toinette ses plaies sur le haut de ses bras. Elle ne dormait pas, mais en cela elle était comme son père. Son père la regardait aller et venir sous la lune, près du poulailler, ou bien tombée à genoux dans les herbes.

CHAPITRE XXIV

Toinette persuada Marin Marais. Elle l'amena après avoir prévenu son père, et sans que Monsieur de Sainte Colombe dût le voir. La chambre dans laquelle il entra sentait une odeur de soie moisie.

« Vous êtes plein de rubans magnifiques, Monsieur, et gras », dit Madeleine de Sainte Colombe.

Il ne dit rien sur-le-champ, il poussa un tabouret près du lit sur lequel il s'assit mais qu'il trouva trop bas. Il préféra rester debout dans une espèce de gêne qui était grande, le bras appuyé contre la colonnade du lit. Elle trouvait que ses hauts de chausse en satin bleu étaient trop serrés : quand il bougeait, ils moulaient ses fesses, marquaient les plis du ventre et le renflement du sexe. Elle disait :

« Je vous remercie d'être venu de Ver-sailles. J'aimerais que vous jouiez cet air que vous aviez composé pour moi autrefois et qui a été imprimé. »

Il dit qu'il s'agissait sans doute de la Rêveuse. Elle le regarda droit dans les yeux et dit :

« Oui. Et vous savez pourquoi. »

Il se tut. Il inclina la tête en silence, puis se tourna brusquement vers Toinette en lui demandant d'aller chercher la viole de Made-leine.

« Vos joues sont creuses. Vos yeux sont creux. Vos mains sont tellement maigries ! dit-il avec un air plein d'épouvante quand Toinette fut partie.

— C'est une constatation qui est très déli-cate de votre part.

— Votre voix est plus basse que jadis.

— La vôtre est remontée.

— Est-il possible que vous n'ayez pas de chagrin ? Vous avez tellement maigri.

— Je ne vois pas que j'aie eu de peine récente. »

Marin Marais ôta ses mains de la couverture. Il recula jusqu'à s'adosser contre le mur de la chambre, dans l'ombre que faisait l'encoignure de la fenêtre. Il parlait tout bas :

« Vous m'en voulez ?

— Oui, Marin.

— Ce que j'ai fait jadis vous inspire encore de la haine contre moi ?

— Il n'y en a pas que pour vous, Monsieur ! J'ai nourri aussi des ressentiments contre moi. Je m'en veux de m'être laissée sécher tout d'abord par votre souvenir, ensuite par pure tristesse. Je ne suis plus que les os de Tithon ! »

Marin Marais rit. Il s'approcha du lit. Il lui dit qu'il ne l'avait jamais trouvée très grosse et qu'il se souvenait, autrefois, que lorsqu'il portait les mains sur sa cuisse, ses doigts en faisaient le tour et se touchaient.

« Vous êtes plein d'esprit, dit-elle. Et dire que j'aurais aimé être votre épouse ! »

Mademoiselle de Sainte Colombe ôta brusquement le drap de son lit. Monsieur Marais recula avec tant de précipitation qu'il détacha le rideau de lit qui se déplia. Elle avait relevé sa chemise pour descendre, il lui voyait les cuisses et le sexe tout nus. Elle posa les pieds nus sur le carrelage en poussant un petit cri, tendit l'étoffe de sa chemise de dessous, la lui montra, la lui mit entre les doigts, lui disant :

« L'amour que tu me portais n'était pas plus gros que cet ourlet de ma chemise.

— Tu mens. »

Ils se turent. Elle posa sa main décharnée sur le poignet plein de rubans de Marin Marais et lui dit :

« Joue, s'il te plaît. »

Elle cherchait à grimper de nouveau dans son lit mais il était trop haut. Il l'aida, poussant ses fesses maigres. Elle était aussi légère qu'un coussin. Il prit la viole des mains de Toinette qui était de retour. Toinette chercha l'embrasse, remit le rideau de lit et les laissa. Il commença d'interpréter la Rêveuse et elle l'interrompit en lui enjoignant d'être plus lent. Il reprit. Elle le regardait jouer avec des yeux qui brûlaient de fièvre. Elle ne les fermait pas. Elle détaillait son corps en train de jouer.

CHAPITRE XXV

Elle soufflait. Elle approcha ses yeux du carreau de la fenêtre. Au travers des bulles d'air qui y étaient prises, elle vit Marin Marais qui aidait sa sœur à monter dans le carrosse. Lui-même posa son talon à torsades d'or et de rouge sur le marchepied, s'engouffra, ferma la porte dorée. La nuit venait. Pieds nus, elle chercha un chandelier puis elle fouilla dans sa garde-robe, se mit à quatre pattes, ramena un vieux soulier jaune plus ou moins brûlé ou du moins racorni. En prenant appui sur la cloison et s'aidant de l'étoffe de ses robes, elle se remit debout et revint vers le lit avec la chandelle et le soulier. Elle les posa sur la table qui était à son chevet. Elle soufflait comme si les trois quarts du souffle dont elle disposait étaient taris. Elle marmonnait aussi :

« Il ne désirait pas être cordonnier. »

Elle répétait cette phrase. Elle reposa ses reins contre le matelas et le bois de son lit. Elle ôta un grand lacet des œillets du soulier jaune qu'elle reposa près de la chandelle. Minutieusement, elle fit un nœud qui coulissait. Elle se redressa et rapprocha le tabouret que Marin Marais avait pris et sur lequel il s'était assis. Elle le tira sous la poutre la plus proche de la fenêtre, grimpa à l'aide du rideau de son lit sur le tabouret, parvint à fixer par cinq ou six tours le lacet à une grosse pointe qui se trouvait là et introduisit sa tête dans le nœud et le serra. Elle eut du mal à faire tomber le tabouret. Elle piétina et dansa longtemps avant qu'il tombe. Quand ses pieds rencontrèrent le vide, elle poussa un cri ; une brusque secousse prit ses genoux.

CHAPITRE XXVI

Tous les matins du monde sont sans retour. Les années étaient passées. Monsieur de Sainte Colombe, à son lever, caressait de la main la toile de Monsieur Baugin et passait sa chemise. Il allait épousseter sa cabane. C'était un vieil homme. Il entretenait aussi des fleurs et des arbustes qu'avait plantés sa fille aînée, avant qu'elle se pendît. Puis il allait allumer le feu et faire chauffer le lait. Il sortait une assiette creuse en grosse faïence où il écrasait sa bouillie.

Monsieur Marais n'avait pas revu Monsieur de Sainte Colombe depuis le jour où il avait été surpris par ce dernier en train d'éternuer sous sa cabane, trempé jusqu'aux os. Monsieur Marais avait conservé le souvenir que Monsieur de Sainte Colombe connaissait des airs qu'il ignorait alors qu'ils passaient pour les plus beaux du monde. Parfois il se réveillait la nuit, se remémorant les noms que Madeleine lui avait chuchotés sous le sceau du secret : les Pleurs, les Enfers, l'Ombre d'Enée, la Barque de Charon, et il regrettait de vivre sans les avoir entendus ne serait-ce qu'une fois. Jamais Monsieur de Sainte Colombe ne publierait ce qu'il avait composé ni ce que ses propres maîtres lui avaient appris. Monsieur Marais souffrait en songeant que ces œuvres allaient se perdre à jamais quand Monsieur de Sainte Colombe mourrait. Il ne savait pas quelle serait sa vie ni quelle serait l'époque future. Il voulait les connaître avant qu'il fût trop tard.

Il quittait Versailles. Qu'il plût, qu'il neigeât, il se rendait nuitamment à la Bièvre. Comme il faisait jadis, il attachait son cheval au lavoir, sur la route de Jouy, pour qu'on ne l'entendît pas hennir, puis suivait le chemin humide, contournait le mur sur la rive, se glissait sous la cabane humide.

Monsieur de Sainte Colombe ne jouait pas

ces airs ou du moins il n'interprétait jamais d'airs que Monsieur Marais ne les connût. A vrai dire Monsieur de Sainte Colombe jouait plus rarement. C'étaient souvent de longs silences au cours desquels il lui arrivait parfois de se parler à lui-même. Durant trois ans, presque chaque nuit, Monsieur Marais se rendait à la cabane en se disant : « Ces airs, va-t-il les jouer ce soir ? Est-ce la nuit qui convient ? »

CHAPITRE XXVII

Enfin, l'an 1689, la nuit du 23e jour, alors que le froid était vif, la terre prise de grésil, le vent piquant les yeux et les oreilles, Monsieur Marais galopa jusqu'au lavoir. La lune brillait. Il n'y avait aucun nuage. « Oh! se dit Monsieur Marais, cette nuit est pure, l'air cru, le ciel plus froid et plus éternel, la lune ronde. J'entends claquer les sabots de mon cheval sur la terre. C'est peut-être ce soir. »

Il s'installa dans le froid serrant sur lui sa cape noire. Le froid était si vif qu'il avait glissé dessous une peau de mouton retournée. Cependant il avait froid aux fesses. Son sexe était tout petit et gelé.

Il écouta à la dérobée. L'oreille lui faisait mal, posée sur la planche glacée. Sainte

Colombe s'amusait à faire sonner à vide les cordes de sa viole. Il fit quelques traits mélancoliques à l'archet. Par moments, comme il lui arrivait si souvent de faire, il parla. Il ne faisait rien de suite. Son jeu paraissait négligent, sénile, désolé. Monsieur Marais approcha son oreille d'un interstice entre les lattes de bois pour comprendre le sens des mots que ruminait par instants Monsieur de Sainte Colombe. Il ne comprit pas. Il perçut seulement des mots dépourvus de sens comme « pêches écrasées » ou « embarcation ». Monsieur de Sainte Colombe joua la Chaconne Dubois, qu'il donnait en concert naguère avec ses filles. Monsieur Marais reconnut le thème principal. La pièce s'acheva, majestueuse. Il entendit alors un soupir puis Monsieur de Sainte Colombe qui prononçait tout bas ces plaintes :

« Ah ! Je ne m'adresse qu'à des ombres qui sont devenues trop âgées ! Qui ne se déplacent plus ! Ah ! si en dehors de moi il y avait au monde quelqu'un de vivant qui appréciât la musique ! Nous parlerions ! Je la lui confierais et je pourrais mourir. »

Alors Monsieur Marais, frissonnant dans le froid, dehors, poussa lui-même un soupir. En soupirant de nouveau, il gratta la porte de la cabane.

« Qui est là qui soupire dans le silence de la nuit ?

— Un homme qui fuit les palais et qui recherche la musique. »

Monsieur de Sainte Colombe comprit de qui il s'agissait et il se réjouit. Il se pencha en avant et entrouvrit la porte en la poussant avec son archet. Un peu de lumière passa mais plus faible que celle qui tombait de la lune pleine. Marin Marais se tenait accroupi dans l'ouverture. Monsieur de Sainte Colombe se pencha en avant et dit à ce visage :

« Que recherchez-vous, Monsieur, dans la musique ?

— Je cherche les regrets et les pleurs. »

Alors il poussa tout à fait la porte de la cabane, se leva en tremblant. Il salua cérémonieusement Monsieur Marais qui entra. Ils commencèrent par se taire. Monsieur de Sainte Colombe s'assit sur son tabouret et dit à Monsieur Marais :

« Asseyez-vous ! »

Monsieur Marais, toujours enveloppé de sa peau de mouton, s'assit. Ils restaient les bras ballants dans la gêne.

« Monsieur, puis-je vous demander une dernière leçon ? demanda Monsieur Marais en s'animant tout à coup.

— Monsieur, puis-je tenter une première leçon ? » rétorqua Monsieur de Sainte Colombe avec une voix sourde.

Monsieur Marais inclina la tête. Monsieur de Sainte Colombe toussa et dit qu'il désirait parler. Il parlait à la saccade.

« Cela est difficile, Monsieur. La musique est simplement là pour parler de ce dont la parole ne peut parler. En ce sens elle n'est pas tout à fait humaine. Alors vous avez découvert qu'elle n'est pas pour le roi ?

— J'ai découvert qu'elle était pour Dieu.

— Et vous vous êtes trompé, car Dieu parle.

— Pour l'oreille ?

— Ce dont je ne peux parler n'est pas pour l'oreille, Monsieur.

— Pour l'or ?

113

— Non, l'or n'est rien d'audible.

— La gloire ?

— Non. Ce ne sont que des noms qui se renomment.

— Le silence ?

— Il n'est que le contraire du langage.

— Les musiciens rivaux ?

— Non !

— L'amour ?

— Non.

— Le regret de l'amour ?

— Non.

— L'abandon ?

— Non et non.

— Est-ce pour une gaufrette donnée à l'invisible ?

— Non plus. Qu'est-ce qu'une gaufrette ? Cela se voit. Cela a du goût. Cela se mange. Cela n'est rien.

— Je ne sais plus, Monsieur. Je crois qu'il faut laisser un verre aux morts...

— Aussi brûlez-vous.

— Un petit abreuvoir pour ceux que le langage a désertés. Pour l'ombre des enfants. Pour les coups de marteaux des cordonniers.

Pour les états qui précèdent l'enfance. Quand on était sans souffle. Quand on était sans lumière. »

Sur le visage si vieux et si rigide du musicien, au bout de quelques instants, apparut un sourire. Il prit la main grasse de Marin Marais dans sa main décharnée.

« Monsieur, tout à l'heure vous avez entendu que je soupirais. Je vais mourir sous peu et mon art avec moi. Seules mes poules et mes oies me regretteront. Je vais vous confier un ou deux arias capables de réveiller les morts. Allons ! »

Il chercha à se lever mais s'interrompit dans son mouvement.

« Il faut tout d'abord que nous allions chercher la viole de feu ma fille Madeleine. Je vais vous faire entendre les Pleurs et la Barque de Charon. Je vais vous faire entendre l'entièreté du Tombeau des Regrets. Je n'ai encore trouvé, parmi mes élèves, aucune oreille pour les entendre. Vous m'accompagnerez. »

Marin Marais le prit par le bras. Ils descendirent les marches de la cabane et ils se

dirigèrent vers la maison. Monsieur de Sainte
Colombe confia à Monsieur Marais la viole
de Madeleine. Elle était couverte de poussière. Ils l'essuyèrent avec leurs manches.
Puis Monsieur de Sainte Colombe remplit
une assiette en étain avec quelques gaufrettes
enroulées. Ils revinrent tous deux à la cabane
avec la fiasque, la viole, les verres et l'assiette.
Tandis que Monsieur Marais ôtait sa cape
noire et sa peau retournée et les jetait par
terre, Monsieur de Sainte Colombe fit de la
place et mit au centre de la cabane, près de la
lucarne par où on voyait la lune blanche, la
table à écrire. Il essuya avec son doigt
humide de salive, après qu'il l'eut passé sur
ses lèvres, deux gouttes de vin rouge qui
étaient tombées de la carafe enveloppée de
paille, à côté de l'assiette. Monsieur de Sainte
Colombe entrouvrit le cahier de musique en
maroquin tandis que Monsieur Marais ver-
sait un peu de vin cuit et rouge dans son
verre. Monsieur Marais approcha la chandelle du livre de musique. Ils regardèrent,
refermèrent le livre, s'assirent, s'accordèrent.
Monsieur de Sainte Colombe compta la

mesure vide et ils posèrent leurs doigts. C'est ainsi qu'ils jouèrent les Pleurs. A l'instant où le chant des deux violes monte, ils se regardèrent. Ils pleuraient. La lumière qui pénétrait dans la cabane par la lucarne qui y était percée était devenue jaune. Tandis que leurs larmes lentement coulaient sur leur nez, sur leurs joues, sur leurs lèvres, ils s'adressèrent en même temps un sourire. Ce n'est qu'à l'aube que Monsieur Marais s'en retourna à Versailles.

DU MÊME AUTEUR

Aux Éditions Gallimard

LE LECTEUR, *récit*, 1976.

CARUS, *roman*, 1979 («Folio», n° *2211*).

LES TABLETTES DE BUIS D'APRONENIA AVITIA, *roman*, 1984 («L'Imaginaire», n° *212*).

LE SALON DU WURTEMBERG, *roman*, 1986 («Folio», n° *1928*).

LES ESCALIERS DE CHAMBORD, *roman*, 1989 («Folio», n° *2301*).

TOUS LES MATINS DU MONDE, *roman*, 1991 («Folio», n° *2533*).

LE SEXE ET L'EFFROI, 1994 («Folio», n° *2839*).

VIE SECRÈTE, 1998 («Folio», n° *3292*).

TERRASSE À ROME, *roman*, 2000 («Folio», n° *3542*).

VILLA AMALIA, *roman*, 2006.

Aux Éditions Grasset

LES OMBRES ERRANTES, Dernier royaume I, 2002 («Folio», n° *4078*).

SUR LE JADIS, Dernier royaume II, 2002 («Folio», n° *4137*).

ABÎMES, Dernier royaume III, 2002 («Folio», n° *4138*).

LES PARADISIAQUES, Dernier royaume IV, 2005 («Folio», n° *4516*).

SORDIDISSIMES, Dernier royaume V, 2005 («Folio», n° *4515*).

Aux Éditions Galilée

ÉCRITS DE L'ÉPHÉMÈRE, 2005.

POUR TROUVER LES ENFERS, 2005.

LE VŒU DE SILENCE, 2005.

UNE GÊNE TECHNIQUE À L'ÉGARD DES FRAG-
MENTS, 2005.

GEORGES DE LA TOUR, 2005.

INTER AERIAS FAGOS, 2005.

REQUIEM, 2006.

LE PETIT CUPIDON, 2006.

ETHELRUDE ET WOLFRAMM, 2006.

TRIOMPHE DU TEMPS, 2006.

L'ENFANT AU VISAGE COULEUR DE LA MORT, 2006.

Chez d'autres éditeurs

L'ÊTRE DU BALBUTIEMENT, essai sur Sacher-Masoch, *Mercure de France*, 1969.

ALEXANDRA DE LYCOPHRON, *Mercure de France*, 1971.

LA PAROLE DE LA DÉLIE, essai sur *Maurice Scève, Mercure de
France*, 1974.

MICHEL DEGUY, *Seghers*, 1975.

LA LEÇON DE MUSIQUE, *Hachette*, 1987.

ALBUCIUS, *P.O.L*, 1990 (« Folio », n° 3992).

KONG SOUEN-LONG, SUR LE DOIGT QUI MONTRE
CELA, *Michel Chandeigne*, 1990.

LA RAISON, *Le Promeneur*, 1990.

PETITS TRAITÉS, tomes I à VIII, *Maeght Éditeur*, 1990 (« Folio »,
n° 2976-2977).

LA FRONTIÈRE, *roman, Éditions Chandeigne*, 1992 (« Folio »,
n° 2572).

LE NOM SUR LE BOUT DE LA LANGUE, *P.O.L*, 1993
(« Folio », n° 2698).

L'OCCUPATION AMÉRICAINE, *roman, Seuil*, 1994 (« Points »,
n° 208).

LES SEPTANTE, *conte, Patrice Trigano*, 1994.

L'AMOUR CONJUGAL, *roman, Patrice Trigano*, 1994.

RHÉTORIQUE SPÉCULATIVE, *Calmann-Lévy*, 1995 (« Folio »,
n° *3007*).

LA HAINE DE LA MUSIQUE, *Calmann-Lévy*, 1996 (« Folio »,
n° *3008*).

TONDO, Flammarion, 2002.

CÉCILE REIMS GRAVEUR DE HANS BELLMER, *Éditions du cercle d'art*, 2006.

COLLECTION FOLIO

Impression Novoprint
à Barcelone, le 2 avril 2008
Dépôt légal : avril 2008
Premier dépôt légal dans la collection: octobre 1993

ISBN 978-2-07-038773-1./Imprimé en Espagne.

160043